KB250732

일기 쓰기 싫어요!

초등 교과 연계

국어)1-1 〉 8. 겪은 일을 써요
국어)1-2 〉 1. 느낌을 나누어요

처음으로 재밌게 **일기 쓰기**

일기 쓰기 싫어요!

초판 10쇄 펴낸날 2024년 3월 15일

글 김혜형 그림 김유대 기획·편집 가수북
펴낸이 김동호 펴낸곳 키위북스 편집장 김태연 편집 김도연·박주원
주소 경기도 고양시 일산동구 중앙로 1079, 522호
전화 031)976-8235 팩스 0505)976-8234
전자우편 kiwibooks7@gmail.com
출판등록 2010년 2월 8일 제2010-000016호

© 김혜형·김유대, 2014

ISBN 979-11-85173-06-1 14300
     978-89-964831-5-1 (세트)

「이 도서의 국립중앙도서관 출판예정도서목록(CIP)은 서지정보유통지원시스템 홈페이지(http://seoji.nl.go.kr)와 국
가자료공동목록시스템(http://www.nl.go.kr/kolisnet)에서 이용하실 수 있습니다.(CIP제어번호: CIP2014020545)」

처음으로 재밌게 **일기 쓰기**

일기 쓰기 싫어요!

글 김혜형 그림 김유대

키위북스
Kiwi Books

일기는 내 마음을 받아 줘요

일기 쓰기를 힘들어 하는 아이가 있었어요. 학교에서 시키는 대로 '효행일기', '반성일기'를 빠짐없이 썼고, 일기 잘 썼다고 상도 받았지만, 아이는 별로 자랑스럽지 않았어요. 선생님한테 혼나는 게 싫어서 억지로 쓴 거지, 정말로 좋아서 쓴 건 아니었거든요.

어느 해, 아이는 몸이 아파서 학교를 한 해 쉬게 되었어요. 집에서 혼자 보내는 심심하고 지루한 시간, 아이는 일기를 썼어요. 선생님 눈치 안 보는 일기, 반성 안 해도 되는 일기, 아무한테도 안 보여 주는 나만의 일기. 아이는 그때 처음으로 일기 쓰는 진짜 즐거움을 느꼈답니다. 참 이상하죠? 일기 쓰라고 시키는 사람도 없고, 일기 잘 썼다고 칭찬해 주는 사람도 없는데 일기 쓰기가 이렇게 좋다니!

아이는 자라서 글을 쓰는 사람이 되었어요. 그리고 지금도 저녁마다 일기장을 펼쳐 놓고 하루의 마음을 정리한답니다. 그렇게 해 온 지 벌써 40년째예요. 바로 이 책을 쓴 나의 이야기랍니다!

일기는 화나고 속상하고 슬픈 내 마음을 다 받아 줘요. 복잡한 생각도 단순해지고 알게 모르게 마음의 힘이 생기지요. 다 잊히고 사라질 추억들도 일기는 오래오래 생생하게 지켜 줘요. 생각을 글로 표현해 내는 능력은 일기 쓰는 동안 자연스럽게 따라온 '덤'이고요.

가랑비에 옷이 젖듯, 여러분도 일기 쓰기의 마법에 조금씩 젖어 들어 보세요. 그리하여 어른이 되어서도 일기가 주는 즐거움을 놓치지 않고 누리기를 바랍니다.

김혜형

이 책을 쓰는 데 도움을 주신 정연희, 임영미, 마순덕, 김은정 선생님께 감사 드립니다.

차례

일기 쓰기 싫어요

오늘 진수는 기분이 좋지 않아요. 수업 마치고 학교를 나설 때는 예서한테 잘 가란 인사도 못 했어요. 피아노 학원에선 평소에 잘 치던 쉬운 곡도 자꾸 틀렸고요. 진수는 발끝에 걸리는 돌멩이를 툭 걷어찼어요.

'다 상민이 때문이야.'

진수는 저도 모르게 입술을 삐죽거렸어요.

오늘 학교에서 예서가 "나 오늘 너네 집에 놀러 가도 돼?" 하고 물었을 때 진수는 속으로 기뻤어요. 새 학년이 되어 만난 친구들 중에서 가장 친해지고 싶은 아이가 예서였기 때문이에요. 그런데 진수가 "응, 좋아!" 하고 말하려는 순간, 어디에서 나타났는지 상민이가 불쑥 끼어들지 뭐예요.

“야! 나도 같이 가!”

상민이는 툭하면 친구들 사이에 끼어들어 훼방을 잘 놓아요. 함께하던 놀이가 제 맘에 안 들면 트집을 잡아 마구 흐트러뜨리고, 어떨 땐 놀이에 져 놓고도 이겼다고 막무가내 고집을 피워요. 그래서 진수는 상민이랑 노는 게 싫어요. 그런데 예서를 따라 집까지 오겠다니! 진수는 순간 당황해서 대꾸를 못 하고 머뭇거렸어요.

“네가 왜 따라오는데?”

예서가 상민이한테 말했어요.

“왜! 너만 가라는 법 있어?”

상민이가 당당하게 대답했어요.

예서는 기가 막힌 표정으로 상민이를 노려보았어요. 진수는 한숨이 폭 나왔어요.

“저기…… 오늘은 안 될 거 같은데.”

진수는 더듬더듬 거절을 했어요. 예서 너만 오라고, 상민이 넌 오지 말라고 말하고 싶었지만, 진짜로 그렇게 말할 순 없었어요.

피아노 학원 끝나고 집으로 가는 길에 아파트 공원 놀이터를 지나는데 “엉엉~.” 하고 서럽게 우는 꼬마의 울음소리가 들려왔어요. 무심코 돌아본 진수의 눈에 아주 익숙한 얼굴이 보였어요. 상민이였어요. 상민이가 모래 놀이터에서 놀고 있는 꼬마들한테 뭐라고 소리치면서 모래를 발로 퍽퍽 차고 있었어요. 꼬마 하나가 그 앞에서 서럽게 울고 있고요.

진수는 한심한 표정으로 그 모습을 보다가 고개를 돌리고 아파트 현관으로 들어와 버렸어요. 수업 시간에는 떠들고, 걸핏하면 싸움이나 걸고, 가는 곳마다 말썽만 일으키는 상민이가 진수는 도무지 이해되지 않았어요.

저녁밥을 먹고 나서 진수는 일기장을 펼쳤어요. 예서와 상민이 땜에 머릿속이 복잡했던 하루였지만 진수는 그 이야기를 쓰기 싫어요. 예서를 좋아하는 마음을 엄마가 알아챌 것만 같거든요. 엄마는 분명 빙긋빙긋 웃으며 진수를 놀릴 거예요. 놀이터에서 본 상민이 얘기도 쓰기 어려워요. 일기 검사하는 선생님한테 상민이를 고자질하는 것 같잖아요.

"아, 진짜 일기 쓰기 싫다."

진수는 머리가 지끈거렸어요. 그래도 일기를 안 쓸 수는 없어요. 엄마가 선생님보다 더 엄격하게 일기 검사를 하거든요. 엄마는 일기 내용을 알려 주기도 하고, 틀리게 쓴 글자를 고쳐 주기도 해요. 진수는 일기장의 빈 면을 한참 바라보다가 마지못해 연필을 들었어요. 그리고 예서와 상민이 얘기를 쏙 뺀 시시한 얘기들로 빈 면을 겨우 채우기 시작했어요.

진수의 일기

제목: 카레 먹은 날 / 날씨: 무덥고 답답한 날씨

　오늘은 아침밥을 먹고 학교에 갔다. 점심 때 태수랑 운동장에서 뛰어놀았다. 학교 끝나고 피아노 학원에 갔다. 집에 오는데 아파트 놀이터에서 우는 꼬마를 봤다. 저녁에 엄마가 카레밥을 해 주셔서 맛있게 먹었다.

은정샘 : 태수랑 뭘 하면서 놀았어? 피아노 학원에서는 뭘 배웠어? 놀이터의 꼬마는 왜 울었을까? 선생님이 왜 자꾸 물어볼까요? ^^

예서의 일기

제목: 진수 집에 못 감 / 날씨: 해가 쨍쨍한 날씨

　오늘 학교에 갔는데 진수가 무슨 만화책을 보고 있었다. 땡땡의 모험이라는 만화였다. 나는 그 만화를 보고 싶었다. 진수가 자기 집에 땡땡의 모험 시리즈가 많다고 했다. 그래서 내가 진수 집에 가고 싶다고 말했다. 그런데 상민이가 끼어들어 자기도 따라가겠다고 억지를 썼다. 나는 상민이랑 같이 가기 싫었다. 그런데 진수가 오늘은 안 된다고 했다. 그래서 그냥 집에 왔다.

은정샘 : 그런 일이 있었구나~ ^○^ 땡땡의 모험 시리즈는 선생님도 좋아하는데!

일기 쓰기 어렵지 않아요

날짜와 요일은 반드시 써요

일기는 그날 하루의 기록이니까 날짜와 요일을 꼭 적어요. 그래야 나중에 일기장을 봤을 때 내가 언제 쓴 일기인지 알 수 있겠지요?

나만의 날씨를 표현해 봐요

보통 날씨를 '맑음, 흐림, 비, 갬, 눈' 이렇게 다섯 가지로 쓰지요? 하지만 날씨를 자세히 관찰해 보면 다섯 가지보다 훨씬 많다는 걸 알 수 있답니다. 어느 초등학교 2학년 학생의 날씨 표현을 예로 들어 볼게요. '햇볕이 덥지도 안 덥지도 않은 날씨', '구름도 많이 끼고 비는 찔끔 오는 날', '낙엽이 아주 밝은 날', '장갑을 끼면 불편하고 장갑을 벗으면 손이 시려운 날씨' 어때요? 아주 다채로운 날씨가 있지요? 여러분도 자기만의 날씨를 느끼고 표현해 보세요.

지난 일을 영화처럼 떠올리며 자세히 써요

일기 쓰기 귀찮다고 '나는 오늘 학교 갔다 집에 왔다' 이런 식으로 대충 써 버리는 친구들이 있어요. 하지만 그렇게 대충 쓰면 일기 쓰는 것도 재미없고 다시 읽어 봐도 무슨 일이 있었는지 전혀 모르겠지요? 그러니까 언제 어디서 누구랑 무슨 일이 있었는지 되도록 자세하게 쓰세요. 예를 들면 '학원 끝나고 돌아오다가', '아파트 앞 놀이터에서', '같은 반 민규를 만나', '책가방 던져 놓고', '미끄럼틀도 타고 그네도 타고 한참을 놀았다' 하는 식으로, 때와 장소와 상황을 자세히 쓰는 거예요. 마치 영화처럼 그 장면을 떠올리면서요.

글자 좀 틀려도 괜찮아요

일기 쓰다가 어려운 글자가 생각이 안 나나요? 괜찮아요. 마음 속으로 짐작되는 글자를 그냥 쓰세요. 글자 좀 틀리면 어때요? 일기는 받아쓰기 시험이 아니잖아요. 글자가 틀리든 말든 자신 있게 날마다 쓰다 보면, 나중엔 어느새 글자도 안 틀리고 글도 잘 쓰는 사람이 되어 있을 거예요.

일기는 나의 비밀 친구

1교시 재량 시간이에요. 이은정 선생님이 함께 일기를 써 보자고 했어요. "어? 일기를 학교에서 써도 돼요?", "쓸 게 없어요!", "한 줄만 써도 돼요?" 아이들이 여기저기서 소리쳤어요.

"얘들아, 궁금한 게 많지? 선생님이 차근차근 다 대답해 줄게. 그런데 그 전에 읽어 줄 게 있어. 다른 학교 친구들 일기인데, 어떻게 썼는지 잘 들어 봐."

선생님은 준비해 온 종이를 펼쳐서 아이들에게 읽어 주기 시작했어요.

학교 끝나고 집에 가는데 오줌이 너무 마려웠다. 집에까지 갈 생각을 하니까 앞이 깜깜했다. 동네 앞 다리를 건너는데 오줌이 막 나올라고 해서 도저히 못 참겠어서 다리 밑으로 쪼르르 내려갔다. 동네 아줌마들 볼까 봐 다리 벽에 붙어서 오줌을 한참이나 쌌다. 어찌나 씨언한지 살 거 같았다.

오줌 이야기가 나오자 아이들이 여기저기서 킥킥거렸어요.

"집은 먼데 오줌이 그렇게나 마려웠으니 참 애가 탔겠다. 그렇지?"

선생님 말에 태수가 "나도 집에 갈 때 오줌 마려운 적 있었는데." 했어요. 그러자 다른 아이들도 "나는 시골 갈 때 차가 막혀서 오줌 마려워서 혼났어.", "나도 나도." 여기저기서 오줌 마려웠던 이야기를 하느라 왁자지껄했어요.

"오줌 이야기나 똥 이야기를 일기에 써도 되나 싶겠지만 그런 얘기도 써 놓고 나니 아주 재미있는 일기가 되었지? 너희들이 좋아하니까 하나 더 읽어 줄게."

"시골 할머니집 변소가 무서워서 똥을 못 눈 이야기구나."

선생님 말이 끝나기도 전에 "나도 시골 할머니 집에 가면 똥이 안 나와.", "변소는 무서워.", "엄마가 요강을 줬는데 그냥 땅바닥에다 눴어." 너도나도 똥 얘기를 하느라 야단이에요. 똥 얘기는 오줌 얘기보다 더 재미있는 것 같아요. 선생님은 아이들이 조용해지길 기다렸다가 일기 한 편을 더 읽어 줬어요.

“다른 아이들 일기를 읽어 보니 어때?”

선생님이 아이들을 둘러보며 물었어요.

“재밌어요.”, “웃겨요.”, “우리집 얘기 같아요.”, “저런 일기라
면 나도 쓰겠어요.”

아이들이 저마다 생각을 말했어요.

“맞아! 누구라도 쓸 수 있는 게 일기야. 그런데도 막상 쓰려고 하
면 뭘 써야 할지 잘 생각이 안 나지?”

“네!”

“우선 무슨 얘기를 일기로 쓸지 정해야겠지? ‘아침밥 먹고 학교
갔다가 학교 끝나고 학원 갔다가 집에 가서 저녁밥 먹고 잤다’

이런 일기라면 재미있을까?"

"아니요!"

"그래, 아마 그런 일기라면 자기가 쓰면서도 '내가 뭣하러 이걸 쓰나?' 하는 생각이 들고 금세 싫증이 날 거야. 그렇다면 어떤 이야기를 일기로 쓰는 게 좋을까? 지금부터 선생님이랑 알아보기로 하자."

선생님은 뒤돌아서서 칠판 가운데 네 잎 토끼풀을 그리고, 네 개의 이파리 옆에다 각각 이렇게 적었어요.

 어떤 이야기를 일기로 쓸까?

1. 말하고 싶은 이야기 : 자랑하고 싶거나, 알리고 싶은 이야기

2. 감추고 싶은 이야기 : 창피하거나, 두렵거나, 말 못 할 이야기

3. 기분 좋았던 이야기 : 재밌거나, 기뻤거나, 행복했던 이야기

4. 기분 나빴던 이야기 : 짜증났거나, 슬펐거나, 걱정된 이야기

"늘 똑같은 하루 같지만 자세히 들여다보면 그 안에는 아주 많은 일들이 있어. 그때마다 우리 마음도 좋았다가 나빴다가, 재미있다가 짜증났다가 하지? 바로 그런 이야기를 쓰면 돼. 친구나 엄마, 선생님한테 자랑하고 싶은 이야기나 일러바치고 싶은

이야기를 써도 좋아. 실수해서 창피한 이야기, 잘못해서 숨기고 싶은 이야기도 일기엔 마음껏 쓸 수 있지. 일기는 나의 비밀 친구인데 못 할 말이 뭐가 있겠니? 속상하고 슬픈데 말로는 다 못 하겠다면 그것도 일기장에 털어놓아 봐. 오늘은 뭘 쓸까 고민될 때, 이 네 잎 토끼풀을 떠올리며 이야기를 고른다면 막힘없을 거야."

"동생하고 싸웠는데 엄마가 동생 편만 들어서 속상한 이야기 같은 거요?"

한 살 아래 동생이랑 늘상 티격태격하는 한슬이가 말했어요.

"그렇지. 그거 좋은 이야깃거리구나."

"선생님한테 혼난 이야기도요?"

태수가 말했어요.

"그렇지, 속상한 얘기도 일기에 쓰면 되지."

"텔레비전에서 본 동물농장 이야기 써도 돼요?"

동물을 유난히 좋아하는 경훈이가 말했어요.

"그것도 좋구나. 재미있게 본 건 남한테도 얘기해 주고 싶지?"

그때 예서가 말했어요.

"근데요, 선생님. 저는 뭘 쓸지 고르는 건 별로 어렵지 않은데 반성하기가 너무 힘들어요."

동생이랑 싸웠는데 엄마가 동생편만 들어서 속상한 이야기 같은 거요?
선생님한테 혼난 이야기도요?
텔레비전에서 본, 동물농장 이야기 써도 돼요?
근데요, 선생님. 저는 뭘 쓸 지 고르기는 별로 어렵지 않은데 반성하기가 너무 힘들어요.
선생님 저는 일기쓸 때 너무 졸려요.
드르렁~
드르렁
저는 길게 쓰는 게 너무 힘들어요.

“저런! 누가 반성하라고 하던?”

선생님 눈이 왕방울처럼 커졌어요.

“1학년 때 선생님도 그랬고요. 일기장에도 ‘오늘의 반성’이라는 칸이 있어요.”

“얘들아, 아까 선생님이 읽어 준 일기 중에 딸꾹질 이야기 생각나지? 딸꾹질하는 누나를 따라다니면서 실컷 장난쳐 놓고 재미있어 했던 일기 말이야. 거기에 ‘내가 너무 심했다. 앞으로는 안 그래야지.’ 이런 반성이 쓰여 있진 않았지만 아주 솔직하고 좋은 일기였잖아. 일기는 반성문이 아니란다. 물론 진심으로 반성하는 마음을 써도 좋지만, 마음에도 없는 반성문을 억지로 쓸 필요는 없다는 거야. 그러니까 일기장에 있는 ‘오늘의 반성’이나 ‘내일의 할 일’ 같은 칸을 채우려고 애쓰지 마. 앞으로는 그런 복잡한 틀이 있는 일기장보다는, 줄 없는 백지 공책이나 보통 공책에다 그림이든 글이든 맘껏 표현하면 좋겠구나.”

아이들이 고개를 끄덕였어요.

“선생님, 저는 일기 쓸 때 너무 졸려요.”

쑥스러운 표정으로 정화가 말했어요.

“낮에 뛰어놀고 밤에 일기 쓰려면 너무 피곤해서 쓰기 싫을 수도 있겠구나. 그럼 정화는 학교 끝나고 집에 가자마자 쓰는 게

어떨까? 잠자기 전에 이부자리 위에서 일기를 쓰는 것도 습관
이 되면 괜찮아. 하지만 꼭 밤에만 일기를 써야 한다고 누가 정
해 놓은 것도 아니잖니?”

정화의 고민이 해결됐어요. 영철이도 손을 번쩍 들었어요.

“저는 길게 쓰기가 힘들어요.”

“영철아, 걱정 마라. 길게 쓰지 않아도 괜찮아. 할 얘기가 적을
땐 짧게 쓰고, 할 얘기가 많을 땐 길게 쓰면 돼. 몸이 아픈 날엔
못 쓸 수도 있고 말이야. 그런데 자꾸 빼먹다 보면 게을러져서
일기 쓰기가 영영 싫어질 수도 있거든? 그러니까 짧게 쓰더라도
꼬박꼬박 쓰면 좋겠구나.”

일기장 빈 줄을 다 채우느라 끙끙댔던 영철이의 마음도 한결 편
해졌어요.

“그럼 이제부터 일기를 써 볼까? 지나간 하루의 일을 가만히 떠
올려 보자. 일기로 쓰고 싶은 바로 그 일 말이야. 어디서 어떤
표정으로 누구랑 무슨 얘기를 했지? 그때 내 마음이 어땠더라?
눈을 감고 자세히 떠올려 봐. 타임머신을 타고 그 시간 속으로
돌아간 것처럼 말이야. 그리고 그 장면을 그대로 써 보자. 글로
쓰는 게 잘 안 되면 친구한테 이야기하듯이 말로 해 봐. 그 말을
그대로 옮겨 쓰면 그게 바로 일기야! 어때, 이제 일기 쓰기 어렵

지 않겠지?"

"네!"

아이들은 연필을 손에 쥐고 저마다 일기를 쓰기 시작했어요. 사
삭– 사사삭–. 소란했던 교실이 점점 조용해지더니 종이 위에서
움직이는 연필심 소리가 크게 들렸어요.

솔직하고 자연스러운 일기, 이렇게 써 봐요

내 일기니까 내 힘으로 써요

일기는 나만의 기록이에요. 남이 고쳐 주거나 대신 써 준다면, 그건 그 사람 일기지 내 일기는 아니겠지요? 그러니까 일기는 꼭 내게 일어난 일을, 내 손으로, 내 생각대로 써야 합니다. 잘 쓰고 못 쓰는 것보다 더 중요한 건, 반드시 내 힘으로 쓰는 거예요.

뭘 쓸까 고민될 땐 다음 '네 가지'를 떠올려요

1. 말하고 싶은 이야기 : 자랑하고 싶거나, 알리고 싶은 이야기
2. 감추고 싶은 이야기 : 창피하거나, 두렵거나, 말 못 할 이야기
3. 기분 좋았던 이야기 : 재밌거나, 기뻤거나, 행복했던 이야기
4. 기분 나빴던 이야기 : 짜증났거나, 슬펐거나, 걱정된 이야기

날마다 이런저런 일들이 이어지고, 그때마다 우리 마음도 재미있었다가 화났다가 좋았다가 속상했다가 합니다. 걱정과 슬픔, 심술과 투정, 자랑과 비밀이 다 좋은 일기 글감이에요.

거짓 없이 솔직하게 써요

일기는 정직한 글이에요. 누구의 눈치도 볼 필요 없어요. 미운 마음도, 싫은 마음도, 억울하고 분한 마음도 일기에 솔직히 쓰세요. 말 못 할 고민도, 부끄러운 얘기도 일기에는 털어놓을 수 있답니다. 일기는 내 마음을 다 받아 주는 비밀 친구니까요.

반성하지 않아도 돼요

혹시 일기에 반성을 담으라는 말을 들었나요? 걱정 마세요. 일기는 반성문이 아니니까요. 만약 어떤 일에 대해 진심으로 반성하고 그 이야기를 일기로 쓰고 싶다면 그것도 참 좋지만, 마음에도 없는 거짓말을 억지로 쓸 필요는 없답니다.

아무도 내 얘기를 안 들어줘

진수의 생일이에요. 수업이 끝난 후 친구들이 진수네 집으로 몰려갔어요. 진수 엄마는 피자와 케이크로 맛있는 생일상을 차려 주었어요. 친구들은 진수에게 선물도 건네주고 생일 축하 노래도 불러 줬지요. 음료와 과자까지 다 먹고 나니 모두들 배가 부르고 기분도 아주 좋았어요.

예서와 영서와 정화는 진수 방에서 드러누워 그림책과 만화책을 보았어요. 한슬이와 경훈이와 진수는 보드게임을 했고요. 태수와 상민이는 거실에서 장난감 칼을 투닥투닥 부딪치며 신나게 뛰어놀았어요.

그런데 진수 엄마의 표정이 좋지가 않아요. 태수는 진수 엄마의 눈치를 살짝 보았어요.

“얘들아, 미안하지만 뛰지 말아 줘. 쿵쿵 뛰면 아래층에서 시끄럽다고 화를 내거든.”

진수 엄마는 좀 초조한 낯빛이에요. 태수는 슬그머니 장난감 칼을 내려놓았어요. 하지만 상민이는 한창 신이 났던지라 놀이를 멈추기가 힘들었어요.

진수 엄마가 주방으로 가서 설거지를 시작하자마자 상민이는 다시 태수를 향해 “얍! 얍!” 나무칼을 휘두르고는 베란다로 다다다 줄행랑을 쳤어요. 갑자기 얻어맞은 태수도 화가 나서 쿵쾅쿵쾅 쫓아갔고요.

“얘들아! 제발 그만! 아래층에서 화나서 올라온다니까!”

진수 엄마가 꽥! 소리를 쳤어요. 상민이가 보니까 진짜 화는 아줌마 얼굴에 삐죽삐죽 잔뜩 솟아 있었어요.

상민이는 하는 수 없이 진수 방으로 갔어요. 여자애들은 엎드려서 그림책을 보느라 상민이가 들어오는지 마는지 관심도 없어요.

“야, 놀이터 나가서 놀자.”

상민이 말에 아무도 대꾸를 안 해요.

“야! 밖에 나가자니까!”

상민이가 버럭 소리치자 예서가 귀를 막았어요.

“아이 시끄러워. 난 책 볼 거라니까.”

상민이는 예서랑 놀고 싶어서 예서 옷자락을 홱 잡아당겼어요.
그 바람에 예서 치마허리가 아래로 당겨졌어요.

"엄마야!"

예서가 치맛자락을 잡고 주저앉더니 당황해서 엉엉 울어 버렸
어요. 예서 울음소리에 진수가 맨 먼저 달려왔어요. 진수 엄마도
놀라서 달려왔고요.

"상민이 너, 집에 가!"

진수가 화가 단단히 난 것 같아요. 훌쩍거리는 예서를 달래 주
는 진수를 보니 상민이는 더 심통이 났어요. 그래서 피자 상자 아
래 깔려 있던 종이를 구겨서 진수의 후드티 모자 안에 확 쑤셔 넣
고는 도망치듯 진수 집을 뛰쳐나왔어요.

상민이의 집은 아파트 단지 옆 허름한 주택가에 있어요. 대형 아
파트가 들어서기 전에 이곳은 작고 오래된 집들이 다닥다닥 붙어
있는 가난한 동네였어요. 불과 몇 년 사이에 낡은 집들이 거의 다
부서지고 새 아파트 단지가 들어섰지만요.

상민이가 집에 들어가니 할머니가 저녁밥을 차려 주었어요. 하
지만 상민이는 피자를 많이 먹어서 밥 생각이 전혀 없었어요.

"이 녀석아! 밥 안 먹어?"

밥상은 쳐다보지도 않고 게임만 하는 상민이한테 할머니가 버

럭 화를 냈어요.

“안 먹어.”

상민이도 퉁명스럽게 대꾸했어요.

“너 이 녀석, 이따가 밥 먹는다고만 해 봐라.”

할머니 표정이 무섭게 변했어요.

‘왜 다들 나한테 화만 내는 거지? 내 얘긴 들어주지도 않으면서.’

상민이는 기분이 나빠서 게임을 오래오래 했어요.

‘그런데 일기에 게임 얘기 써도 되나?’

게임을 끝내면서 상민이는 문득 일기 생각이 났어요.

“단 한 줄이라도 괜찮으니까 상민이 일기 좀 보자, 응?”

오늘 선생님이 그랬거든요. 그러고 보니 일기장 안 낸 지가 좀 오래된 것도 같아요. 그래도 선생님은 야단을 별로 안 쳐요. 가끔 엄한 표정을 지을 때는 있지만요. 게다가 선생님은 아주 많이 웃어 줘요. 선생님이 웃어 주면 상민이 기분도 좋아져요.

제목: 기분 대따 나쁜 날 / 날씨: 흐리고 기분 나쁜 날씨

  진수 집에 놀러갔는데 기분이 대따 나빴다. 아줌마는 뛰어놀지도 못하게 하고, 애들은 지들끼리만 놀고, 진수는 나한테 집에 가라고 했다. 할머니도 나한테 화만 냈다. 맨날 나만 뭐라 그런다. 내 이야기는 들어주지도 않고. 정말 짜증난다. 집에 와서 게임을 해서 기분이 조금 나아졌다.

은정샘 : 음, 그랬구나. 속상했겠다. 이렇게 일기장에 쏟아 놓고 나니 기분이 좀 풀렸니? 오늘은 즐거운 날이 되기를. (오랜만에 상민이 일기를 보니 선생님 기분은 좋은걸. ^^)

어른도 일기를 써요

"애들아! 오늘은 선생님 일기장을 보여 줄게. 선생님도 너희처럼 일기 쓰는 거 몰랐지?"

선생님이 어른들이 쓰는 두꺼운 공책 몇 권을 들어 보였어요.

'선생님한테도 일기장이 있다니!'

진수는 깜짝 놀랐어요. 일기는 초등학생들만 쓰는 건 줄 알았거든요. 선생님의 일기장을 보고 예서가 반갑게 소리쳤어요.

"선생님, 우리 엄마도 일기 써요!"

"오! 그래?"

예서 말에 선생님은 친한 친구라도 만난 듯 반가운 표정이에요.

"우리 엄마는 일기장이 엄청 많아요. 엄마가 옛날 일기장을 보여 준 적이 있는데 글씨도 삐뚤빼뚤하고 하는 말도 귀여웠어요.

그걸 쓴 애가 엄마라고 생각하니까 진짜 신기했어요.”

“하하, 선생님도 옛날 일기를 보면 타임머신 타고 옛날로 돌아
간 것 같아. 일기장 속에 어린 내가 들어 있거든. 예서도 나중
에 어른이 되면 엄마처럼 지금의 꼬마 예서를 만나게 될 거야.”

예서가 좋아서 배시시 웃었어요.

아이들은 어서 선생님 일기를 읽어 달라고 졸랐어요. 선생님은
낡고 조그만 공책을 꺼내 들었어요.

“선생님의 요즘 일기는 너희들한테 재미가 없을 것 같아서, 어
렸을 때 일기장을 하나 가져왔어. 하나 골라서 읽어 줄게. 선생
님이 4학년 때 쓴 일기야.”

선생님의 어린 적 일기

어제 잡은 새끼 박쥐가 잠자고 있다. 나는 쌀을 주었다. 아직 새끼라서 날
지도 못하고 쌀도 못 먹는다. 밥풀을 막대기에 묻혀서 주었다. 조금씩 핥아먹
는다. 아참! 오늘 언니 오는 날이지. 오빠 졸업식 때 찍은 사진 가져올 거야.
나 예쁘게 나왔으면 좋겠다! 그리고 글피는 학교 가는 날이지. 5학년 5반 됐으
면…… 남자 선생님이었으면…… 빨리 3월 3일이 왔으면 좋겠다.

"우와! 선생님 어렸을 때 박쥐도 잡아 봤어요?"

아이들이 신기한 얼굴로 선생님을 쳐다보았어요.

"응, 지금도 생각나. 아주 작은 새끼 박쥐가 잘 날지 못하고 처
마 밑에 쓰러져 있었어. 그래서 살려 보려고 애썼지."

"그 박쥐는 어떻게 됐어요?"

"며칠 못 가서 죽었어. 많이 슬펐단다."

아이들이 안타까운 표정을 지었어요.

"선생님이 이런 일기를 쓰지 않았다면, 그때의 박쥐 사건은 아
마 기억에서 다 잊혔을 거야. 이런 일기를 남겨 준 어린 내가 참
고맙단다. 기특하기도 하고. 그런데 5학년이 된 후부터는 내가
전혀 다른 방식으로 일기를 썼더라. 조금 전 읽어 준 일기와 비
교해서 들어 봐."

오늘은 학교에 갔다 와서 숙제를 했다. 숙제를 다 하고 나서 방에서 놀고 있는데 아버지가 오셨다. 아버지께 이번 시험에서 4등이라고 말했더니 어째 4등밖에 못했냐고 꾸중하셨다. 앞으로 잘해서 아버지가 기뻐하시도록 하겠다. 앞으로 부모님께 걱정을 안 끼쳐 드리고 보다 더 많은 효행을 하겠다.

"어때? 이 일기가 재미있니?"

아이들이 고개를 갸우뚱하며 한마디씩 했어요.

"너무 착한 것 같아요.", "재미가 없어요.", "좀 이상해요. 꾸중 들으면 속상할 텐데."

"그렇지? 선생님도 이런 일기는 재미없어. 꾸중 듣고 속상한 마음도 솔직하게 쓰지 않고, 부모님께 더욱 효도하겠다는 다짐만 하잖아. 도대체 왜 이렇게 썼을까? 자, 이걸 좀 보렴."

선생님이 일기장 앞표지를 보여 주었어요. 낡은 표지에 〈효행 일기〉라는 제목이 크게 씌어 있었어요.

"선생님이 5학년이었을 때 학교에서는 모든 아이들에게 '효행 일기'를 쓰게 했어. 부모님께 효도하고 그 일을 일기로 쓰라는 거야. 하루 이틀도 아니고 일 년 내내 날마다 효도 이야기를 쓰려니 일기 글감 만들기가 얼마나 힘들었겠니?"

아이들이 정말 안됐다는 표정으로 선생님을 보았어요.

"어른들이 원하는 대로 쓰려니까 이렇게 어색하고 재미없는 일기가 되어 버린 거야. 일기는 무엇보다 솔직해야 해. 누구 눈치도 볼 필요 없어. 그게 진짜 일기야. 그래야 쓸 때도 재미있고 읽을 때도 재미있는 거야. 선생님이 억지 반성문 쓸 필요 없다고 한 이유를 이제 알겠니?"

선생님은 수업을 마치며 '가정통신문'이 들어 있는 봉투를 하나씩 나눠 주었어요.

"이 가정통신문은 선생님이 엄마 아빠께 드리는 편지니까 잘 전해 드려라. 알았지?"

선생님 말을 듣는 둥 마는 둥, 상민이는 봉투를 가방 깊숙이 아무렇게나 쑤셔 넣었어요. 이런 종이, 할머니한테 드려 봤자 읽으실 리가 없다는 생각을 하면서요.

〈 가정통신문 〉

학부모님께

　안녕하세요? 여러분의 소중한 자녀를 지도하고 있는 담임 이은정입니다. 이렇게 가정통신문을 보내 드리는 까닭은, 아이들의 일기 지도에 대한 교사로서의 제 생각을 말씀 드리고, 또 각 가정에서 도와주셨으면 하는 당부 말씀도 드리고 싶어서입니다.

　1. 일기는 아이들이 처음으로 써 보는 자신만의 삶의 기록입니다. 기쁘면 기쁜 대로, 속상하면 속상한 대로, 짜증나면 짜증나는 대로, 자기 이야기를 마음껏 할 수 있는 공간이 일기장이지요. 그러니 일기를 보고 아이의 행동을 지적하거나 고쳐 주려 하지 말아 주셨으면 합니다. 아이가 아무도 의식하지 않고 일기에 자기 표현을 할 수 있도록 도와주세요.

　2. 아이들이 쓴 일기를 보면 틀린 글자도 많고 문장도 많이 서투르지요. 어른 눈으로 보면 좀 답답할 수도 있고, 바르게 고쳐 주고 싶은 마음도 일어날 것입니다. 하지만 틀린 글자를 고쳐 주지 마시고, 아이의 일기가 좀 서투르더라도 대신 써 주지 마시기를 부탁 드립니다.

　3. 일기를 꾸준히 쓰다 보면 자신도 모르는 사이에 관찰력도 길러지고, 사고력도 깊어지며, 표현력과 감성도 풍부해집니다. 일기는 아이의 성장에 참 좋은 역할을 하지요. 하지만 그 좋은 것들은 그냥 자연스런 결과로 따라오는 것일 뿐입니다. 눈에 보이는 당장의 성과를 너무 기대하시면 아이는 일기를 부담스러워 하고, 오히려 일기와 멀어질 수 있습니다.

4. 일기는 지금 아이의 가장 솔직한 기록입니다. 글을 잘 쓰든 못 쓰든, 그냥 '기록' 하는 것만으로도 충분히 가치가 있습니다. 지금 아이의 순간을 담은 일기는 나중에 아이가 어른이 되었을 때 과거의 자신을 마주할 수 있는 가장 귀한 보물이 될 것입니다.

5. 마지막으로 부탁 드리고 싶은 말씀은, 가능하면 어른들도 일기 쓰는 모습을 보여 주시면 좋겠다는 것입니다. 일기는 초등학교 때만 쓰는 지겨운 숙제가 아니라, 살아가는 내내 자기 마음을 표현하고 삶을 정돈하고 되돌아보게 하는 인생의 훌륭한 동반자라는 것을 아이들이 부모님을 통해 자연스럽게 이해하게 된다면 더없이 좋겠습니다.

담임으로서 일기 지도를 하면서 가정에서의 도움이 절실히 필요하여 긴 부탁의 말씀을 드렸습니다. 교사의 지도를 믿어 주시고, 아이의 성장을 긴 안목으로 지켜봐 주세요. 감사합니다.

담임 이은정 올림

행복한 숙제

이은정 선생님은 주말마다 재미난 체험 숙제를 내줘요. '어릴 때 입었던 옷 다시 입어 보기', '귀에 들리는 소리 3가지 이상 적어 오기', '보름달 보고 소원 빌기', '아이스크림 청량음료 안 먹고 하루 보내기' 같은 거예요. 진수는 '30초 동안 나무 껴안고 대화하기' 숙제가 가장 기억에 남아요. 나무의 마음이 진수의 가슴을 통해 전해지는 것 같은 묘한 느낌을 받았거든요.

주말 체험 숙제는 대부분 재미있지만 낯설고 쑥스러울 때도 많아요. 지난주 숙제는 '엄마 아빠를 어머니 아버지로 고쳐 부르기'였는데, 진수는 정말 온몸이 오글거리는 기분이었어요. 엄마 아빠 아주 신나 했지만요.

주말이 가까워 오니 아이들은 '이번 주말 숙제는 뭘까?' 궁금해졌어요. 선생님이 종례 시간에 드디어 입을 열었어요.

"이번 주말 숙제는 바로 '우리 가족 발바닥 그려 오기'야!"

"아빠! 주말 체험 숙제 하게 발 좀 내밀어 보세요."

진수는 소파에 앉아 텔레비전을 보는 아빠의 발 앞에 하얀 도화지를 놓고는 아빠의 양말을 벗겼어요. 텔레비전 스포츠 중계에서 눈을 떼지 못한 채 아빠가 건성으로 물었어요.

"무슨 숙제?"

"주말 체험 숙제요. 잉~ 냄새. 아빠, 발 좀 씻고 오세요."

"아! 그 숙제?"

진수가 코를 찡그리자 아빠가 쑥스럽게 웃으며 욕실로 도망쳤어요. 진수는 엄마의 맨발을 하얀 종이 위에 대고 연필로 베끼기 시작했어요. 엄마가 간지럽다며 호호호 웃었어요.

발을 씻고 온 아빠도 도화지 위에 발을 얹었어요. 진수가 아빠의 발 둘레를 연필로 그려 나가자 아빠의 입가에도 웃음이 번졌어요.

"아들이 아빠 발을 만지니까 느낌이 아주 좋아. 괜히 행복해지는걸."

그러자 엄마도 말했어요.

"아예 '행복한 숙제'라고 불러도 좋겠다!"

하하하핫
크크
크크
진우아빠 발바닥
지압용

엄마 아빠 발을 그린 도화지를 놓고서 진수가 말했어요.

"아빠 발이 엄마 발보다 훨씬 크네요. 그리고 좀 못생겼고요. 헤헤헤헤."

다 같이 웃음보가 터졌어요.

"내 발도 그릴래요. 아빠가 그려 줘요."

진수도 양말을 벗었어요. 아빠가 진수 발을 그리기 시작하자 진수는 "아이 간지러워, 간지러워." 하며 발가락을 꼼지락꼼지락, 몸을 배배 꼬면서 키득키득 웃었어요.

"진수야, 너희 선생님 참 좋은 분 같아."

엄마가 기분 좋은 표정으로 말했어요.

"그러게. 이런 재미있는 숙제도 내주시고 말야."

아빠는 이번 숙제가 무척 마음에 드나 봐요.

"지난번 가정통신문 보고 좀 놀랐지 뭐예요. 당신도 읽어 봤죠?"

"그럼. 생각이 남다르시던데. 아이들 일기에다 꼬박꼬박 답글까지 달아 주시고 말이지."

답글 얘기가 나오자 진수도 한마디 했어요.

"선생님이 일기장 돌려 주면 얼른 보고 싶어서 가슴이 막 뛰어요. 선생님이 뭐라고 썼나 엄청 궁금하거든요. 다른 애들도 다 그래요."

진수는 요즘 일기 쓰기가 재미있어요. 예전처럼 어렵거나 지겹게 느껴지지 않아요. 무엇보다 선생님 답글을 읽는 게 참 좋아요. 엄마 눈치도 안 보게 되었어요. 요즘 엄마는 진수의 일기를 고쳐 주지 않아요. 일기 내용에 꼬치꼬치 참견하던 일도 많이 줄었고요. 좀 이상하다는 생각은 들지만, 어쨌든 참 좋은 일이에요. 그렇죠?

> ### 진수의 일기
>
> 제목: 발바닥 그리기 / 날씨: 가을 하늘이 파래요
>
> 주말 체험 숙제를 하면서 아빠 발을 처음 만져 봤다. 크고 꺼칠꺼칠하고 못생겼다. 엄마 발은 아빠 발보다 작고 따뜻했다. 내가 발을 그리는데 아빠랑 엄마가 간지럽다고 막 웃었다. 나중에 아빠가 내 발도 그려 줬는데 엄청 간지러웠다. 그래서 엄마 아빠가 왜 웃었는지 알았다. 엄마가 참 행복한 숙제라고 했다. 진짜 그런 거 같다.
>
> 은정샘 : 아, 행복한 숙제! 참 좋은 말이구나. 간질간질~ 선생님도 그 느낌 잘 알지! ^^

중요한 역사 자료가 된 일기

세세하게 기록된 개인의 일기는 역사를 연구하는 데 귀한 자료가 되기도 합니다. 당시의 상황과 생활 모습이 구체적으로 담겨 있기 때문이지요. 어떤 일기가 있는지 살펴볼까요?

난중일기

충무공 이순신(1545~1598) 장군은 임진왜란 때 일본군을 물리치는 데 큰 공을 세운 명장이에요. 한시도 마음 놓을 수 없는 전쟁의 긴장 속에서도 기록하는 일을 소홀히 하지 않았어요. 〈난중일기〉는 임진왜란 연구에 없어서는 안 될 귀중한 자료로 오늘날까지 전해집니다.

열하일기

연암 박지원(1737~1805) 선생은 정조 4년에 청나라 사절단에 끼어 중국을 여행하면서 〈열하일기〉를 남겼어요. 이 기록은 장대한 여행기이자 조선 최고의 문학 작품이고, 나라의 개혁 방향을 담아 낸 사상서이기도 해요. 눈으로 보고 귀로 들은 것들을 매우 자세하게 묘사하고 있어서 당시의 중국을 생생하게 들여다볼 수 있는 귀중한 기록이랍니다.

체 게바라 일기

체 게바라(1928~1967)는 가난하고 고통 받는 사람들의 편에 서서 쿠바의 독재 권력과 맞서 싸운 혁명가예요. 그는 투쟁을 지휘하는 긴장의 나날 속에서도 일기 쓰기를 중단하지 않았어요. 이상적인 사회를 향해 열정을 바쳤던 체 게바라는 세계 젊은이들의 우상이 되었고, 그의 일기는 당시 게릴라 부대의 생활을 알 수 있는 역사 자료가 되었습니다.

안네의 일기

〈안네의 일기〉는 유대인 소녀 안네 프랑크(1929~1945)가 나치의 대학살을 피해 2년간 은신처에서 숨어 지낼 때 쓴 일기예요. 기침 소리조차 내기 어려운 비좁고 불안한 은신처에서 열세 살 소녀는 일기를 쓰며 절망과 두려움을 견뎠어요. 안네는 아우슈비츠 수용소로 끌려가 결국 죽음을 당했지만, 안네의 일기는 지금도 전 세계 사람들의 가슴을 울리고 있답니다.

쉿, 비밀이에요

비가 주룩주룩 내리는 월요일 아침, 상민이가 우산도 없이 비를 맞으며 교문으로 들어서고 있어요. 비에 젖은 채 고개를 푹 숙이고 걷는 상민이를 보니 진수는 그냥 지나칠 수가 없었어요. 잠시 망설이다가 진수는 상민이 곁으로 다가갔어요.

우산을 씌워 주는 진수를 흘깃 돌아본 상민이가 "아, 됐어." 하고 퉁명스럽게 내뱉었어요. 그래도 진수는 계속 상민이랑 어색하게 걸었어요. 1층 현관에 들어서서 우산을 접으니, 상민이가 잘 들리지 않는 입속말로 뭐라고 웅얼거렸어요. 워낙 작은 소리라서 진수는 잘 듣지 못했어요. 고맙다고 한 것 같기도 하고, 아닌 것 같기도 해요.

상민이가 오늘따라 시무룩해요. 평소 점심 시간이면 제일 먼저

운동장으로 뛰쳐나가던 상민이가 오늘은 빈 교실에 남아서 제 책
상에 폭 엎드려 있어요. 그 모습을 한동안 지켜보던 선생님이 상
민이를 불렀어요.

“상민아, 선생님한테 잠깐 와 볼래?”

상민이가 주춤주춤 선생님 옆으로 다가왔어요.

선생님은 의자를 가져다 놓고 상민이를 끌어당겨 앉혔어요.

“에구, 손톱이 새까맣네! 선생님이 깨끗이 깎아 줘야겠는걸!”

선생님은 상민이의 자그마한 어깨를 감싸 안았어요. 그리고 때
가 낀 상민이 손톱을 톡! 톡! 깎기 시작했어요. 눅눅하게 젖은 상
민이 머리에서 꼬질꼬질한 냄새가 났어요. 선생님은 말없이 상민
이 손톱을 깎고, 상민이는 얌전하게 선생님한테 손가락을 내맡기
고 있어요.

선생님 품에 안겨 있자니 상민이는 자꾸 엄마 생각이 나요. 생
각 안 하려 했는데……. 상민이 눈에서 눈물 한 방울이 툭 떨어졌
어요. 선생님이 상민이 어깨를 꼭 끌어안았어요.

“상민아, 어제 무슨 일 있었어?”

“…….”

“할머니한테 야단맞았니?”

상민이는 고개를 저었어요.

"무슨 일일까? 우리 상민이 마음이 왜 슬플까? ……엄마 보고 싶어서 그러니?"

"으흑……."

참고 참았던 상민이 울음보가 터졌어요. 선생님은 상민이를 끌어안고 상민이가 울음을 그칠 때까지 등을 다독여 주었어요.

"상민아, 하고 싶은 얘기 선생님한테 다 해 볼까?"

손수건으로 상민이의 눈물을 닦아 주며 선생님이 말했어요. 울음을 겨우 그친 상민이가 고개를 가로저었어요.

"지금은 말하기 싫어?"

상민이는 고개를 끄덕였어요.

"그럼 다음에 말해 주렴. 선생님이 기다릴게. 그리고 혹시 말로 하기 힘들면 일기에 써도 괜찮아. 기분이 좀 나아질지도 몰라. 비밀 일기 말이야. 일기 쓴 면을 반 접어 풀칠을 해 놓으면 선생님은 절대 읽지 않을게. 약속."

선생님은 상민이의 새끼손가락에 선생님의 새끼손가락을 단단히 걸었어요. 선생님이라면 그 약속 지킬 거라는 걸 상민이는 알아요. 상민이의 열 손가락 손톱은 이제 말끔하게 깎였어요. 상민이 눈에 눈물도 닦였고요. 상민이는 오늘 일기가 쓰고 싶어졌어요. 접어서 풀칠을 할지 말지는 아직 모르겠지만요.

제목: 엄마 / 날씨: 비가 죽죽

어제 엄마가 온다고 했다. 선물도 사 온다고 했다. 나는 엄청 기다렸다. 얼마나 기다렸냐면 아침부터 저녁까지 기다렸다. 할머니도 밥상 다 차려 놓고 기다렸다. 근데 안 왔다. 엄마 나쁘다. 엄마 정말 나쁘다…… 엄마 미워. 미워…….

엄마가 저녁에 전화했다. 일이 많아서 어쩔 수 없었다고, 다음 달엔 꼭 온다고 했다. 나는 그 말 안 믿었다. 엄마가 미안하다고 했다. 나는 엄마한테 소리 지르고 막 울었다. 엄마가, 상민아 정말 미안하다, 그랬다.

엄마가 진짜 미웠는데 지금은 밉지는 않고 그냥 보고 싶기만 하다.

선생님의 선물

겨울방학식을 하는 날이에요. 선생님 책상 위에 색색의 표지로 묶인 예쁜 공책들이 한가득 쌓여 있어요. 아이들은 그게 뭘까 궁금해서 와글와글 야단이에요.

"얘들아! 내일부터 즐거운 겨울방학이구나! 선생님이 선물을 준비했어. 지금까지 1년간 써 온 너희의 일기장을 책으로 묶은 거야. 이 일기책은 너희가 1년간 성장한 모습이 담긴 세상에 하나뿐인 기록이니까 소중하게 잘 보관해야 한다. 알겠지?"

아이들은 모두 일기책을 한 권씩 받았어요. 여러 권의 얇은 일기장에 두툼한 표지를 대서 책처럼 묶은 거예요. 예서와 진수의 일기장은 꽤 두꺼운 책이 되었어요. 상민이의 일기장은 아주 얇은 책이에요. 그래도 상민이는 좋아서 싱글벙글 어쩔 줄 몰라요.

"이제 지난주 미술 시간에 만든 '보물상자'를 모두 책상 위에 꺼내 놓으렴."

아이들은 저마다 책상 위에 예쁘고 튼튼한 색색의 보물상자를 올려놓았어요.

"일기장은 보물이니까 이제부터 보물상자에 차곡차곡 모아 나가는 거야. 이사갈 때 보물을 버리고 가는 바보는 설마 없겠지? 어른이 돼서 결혼을 하더라도 이 보물은 잃어버리지 말고 잘 간직해야 한다. 알겠지?"

"네!"

"그리고, 선생님 선물이 하나 더 있어. 바로 선생님이 직접 만든 일기장!"

선생님은 손수 끈으로 묶어서 만든 갖가지 색깔의 공책을 들어 보였어요.

"우와~!"

선생님은 아이들 한 명 한 명 이름을 불러 일기장을 나누어 주었어요. 일기장 앞표지엔 아이들 이름이 적혀 있고, 첫 장을 펼치니 사진과 함께 선생님의 편지가 있어요. 아이들마다 다 다른 사진, 다른 편지들이에요.

"겨울방학 일기는 새 일기장에 써 보렴. 선생님표 일기장엔 '오

늘의 반성'이나 '내일의 할 일' 같은 건 없어. 그런 건 굳이 안 써도 되는 거 알지?"

"네!"

예서는 선생님이 만들어 준 예쁜 일기장이 무척 마음에 들었어요. 옆을 돌아보니 진수와 상민이도 좋아서 입이 귀밑에 걸렸어요. 상민이는 선생님이 준 새 일기장의 첫 장에 붙어 있는 사진을 보았어요. 지난 가을, 학교 생태공원에서 단풍잎 줍기를 할 때 선생님이 찍어 준 사진이에요. 사진 속의 상민이는 붉고 노란 단풍잎을 두 손 가득 쥔 채 이를 드러내고 웃고 있어요. 상민이는 사진 아래 쓰여 있는 선생님의 편지를 읽기 시작했어요.

여러 가지 일기 글

일기 쓸 때, 그림일기·독서일기·만화일기·관찰일기·여행일기·환경일기, 이런 식으로 구분 지어 놓고 시작하지 않습니다. 그날 있었던 일을 적다 보면 자연스럽게 다양한 이야기가 일기에 담길 뿐이지요. 다음은 초등학교 2학년 정지수 어린이가 쓴 여러 가지 일기 글입니다. 다양한 일상이 자연스럽게 드러나 있어요. 짧게 쓴 날도 있고 길게 쓴 날도 있고 그림으로 표현한 날도 있네요. 일기는 이렇게 자유롭게 쓰면 됩니다.

1. 주말 체험 숙제

제목: 자세히 관찰하고 상상하기

선생님이 벌레나 꽃을 자세히 그리고 상상해 보라고 했다.
내가 아파트 풀밭으로 가니까 죽은 지렁이가 있었다. 지렁이
한테 개미랑 파리가 자꾸 붙었다. 너무 불쌍했다.
"나의 상상 : 집에서 놀다가 바깥에 나가서 사람한테 밟혀
죽었어? 하늘나라에 가서 일을 열심히 해서 다시 태어날 수
있는 지렁이."

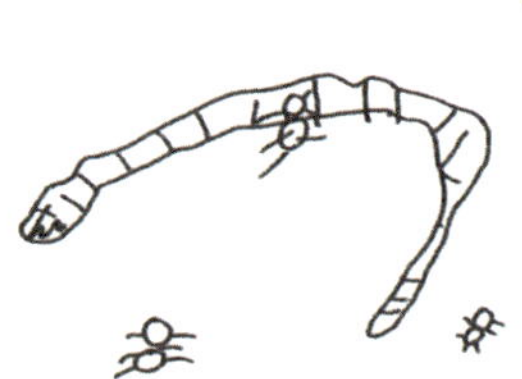

2. 자랑하고 싶은 이야기

제목: 곱셈 7단 다 외웠다!

선생님이 내준 숙제가 있었는데 그게 바로 주말 안에 곱셈 9단까지 다 외워 오는 거였다.
하지만 나는 아직 6단까지밖에 못 외웠다. 그래서 열심히 하는데 어느새 7단을 외워서 숙제를 잘 넘어갈 것 같다.

3. 속였던 이야기

제목: 잉크 피

싸인펜 잉크를 다 섞어서 물에 담갔더니 색이 피처럼 돼서 내가 내 손에다가 묻혔다. 그것도 전에 상처가 난 곳에 묻혀서 더 상처처럼 보였다. 그래서 다 피인 줄 알고 속아 넘어갔다.

4. 짜증난 이야기

제목: 사신 놀이

    나, 민규, 건, 중범 이렇게 밥을 먹다가 사신 이야기를 나눴다. 그러다가 사신 놀이가 생각났다. 그래서 밥을 먹고 나서 다 같이 사신 놀이를 했다. 그런데 애들이 사신 놀이에는 관심이 없고 다른 데 신경을 써서 짜증났다.

5. 심각한 이야기

제목: 술

    오늘 아빠가 술 마시러 나갔다. 나는 그게 마음에 안 들었다. 내일이 아빠가 출장 가는 날인데 아침 일찍 출발하기 때문에 나는 아빠 얼굴을 못 본다. 그래서 3~4일 정도 아빠의 얼굴을 못 보는 아들을 놔두고 술을 먹는 아빠가 원망스럽다. 아빠한테 술을 권하는 회사 사람들도 원망스럽다. 아빠가 술을 마시면 안 되는 이유는 이와 같다. 아빠의 몸 ➜ 엄마의 걱정 ➜ 아들의 걱정. 난 지금 심각하다.

6. 아팠던 이야기

제목: 아프지만 시험 보는 날

    어제 나는 심하게 토했다. 그래서 얼굴이 창백해지고 너무 괴로웠다. 이 일 때문에 어제 일기도 못 쓴 것이다. 그리고 오늘 아침에도 배가 아팠다. 될 수 있으면 쉬고 싶었는데 하필이면 오늘이 시험 보는 날이라서 학교 가기 전에 병원에 들러서 주사도 맞고 알약도 먹었다. 그리고 학교에 간신히 도착해서 시험도 봤다.